Marcus Pfister a écrit et illustré, pour les Editions Nord-Sud:
Arc-en-ciel, le plus beau poisson des océans
qui existe aussi en livre géant.

Les Editions Nord-Sud ont aussi publié les livres suivants illustrés par Marcus Pfister:

Dinodor · Une étoile, cette nuit-là · Phil & Croc · Flocon se jette à l'eau · Flocon, le petit lapin des neiges
Flocon trouve un ami · Flocon et le lapin de Pâques · Pit, le petit pingouin · Pit et Pat · Les nouveaux amis
de Pit · Ohé Pit! Ohé! · Papa Pit et Tim · Carl, le castor · La chouette fatiguée · Berceuses pour une nuit
de lune · Saint Nicolas et le bûcheron · Le retour de Camomille · Les quatre bougies du petit berger

Texte français: Anne-Marie Chapouton

Marcus Pfister

Pit le petit pingouin

traduit par Anne-Marie Chapouton

Editions Nord-Sud

Très loin d'ici, au Pôle Sud, vit une joyeuse colonie de pingouins.
Le plus petit d'entre eux s'appelle Pit. Il est encore maladroit,
tout pataud, et les autres se moquent de lui.
– Ne t'en fais pas, dit maman pingouin, plus tard, tu deviendras
aussi élégant que les grands pingouins qui nagent si bien.
Attends, et tu verras!

Quand les autres sortent de l'eau pour venir faire leur petite sieste sur la glace, Pit ne peut s'empêcher de rire. C'est à leur tour d'être patauds! Hors de l'eau, ils sont aussi maladroits que lui, et ils ont l'air bien moins agiles.

– Je leur montrerai, moi, qu'un pingouin peut être élégant, même sur la glace, dit Pit. Et le voilà qui s'entraîne à patiner en faisant des virages sur ses nageoires, et des pirouettes qui – plaf – la plupart du temps, se terminent sur le derrière.

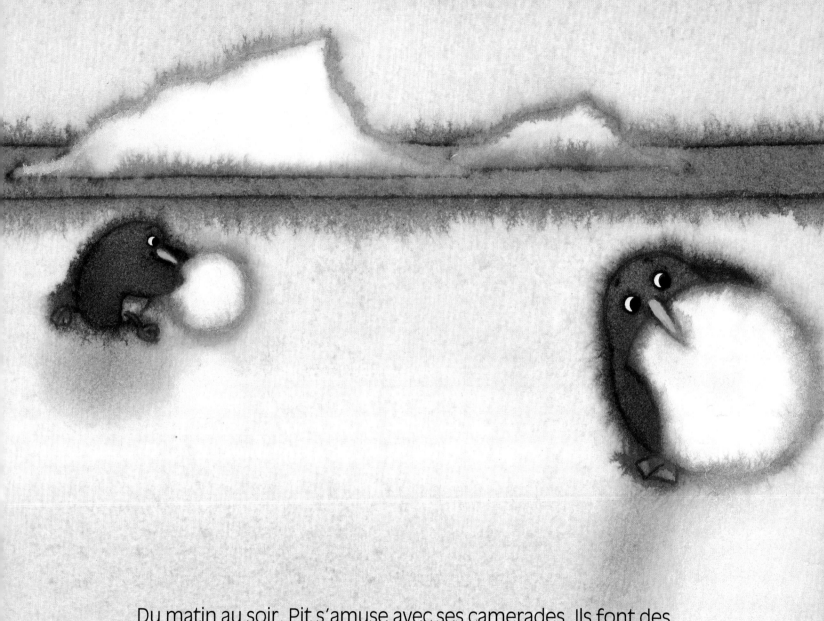

Du matin au soir, Pit s'amuse avec ses camerades. Ils font des
batailles de boules de neige et des pingouins de neige.
Le temps passe gaiement.

Un jour, on entend crier, piailler et caqueter. C'est un vol d'oiseaux qui s'est posé sur la glace. Pit s'approche, tout fier d'être si grand à côté d'eux qui sont si petits. Soudain, un des oiseaux lui crie:
– Qui es-tu, toi, drôle d'oiseau?
– Je suis un pingouin, et je m'appelle Pit.

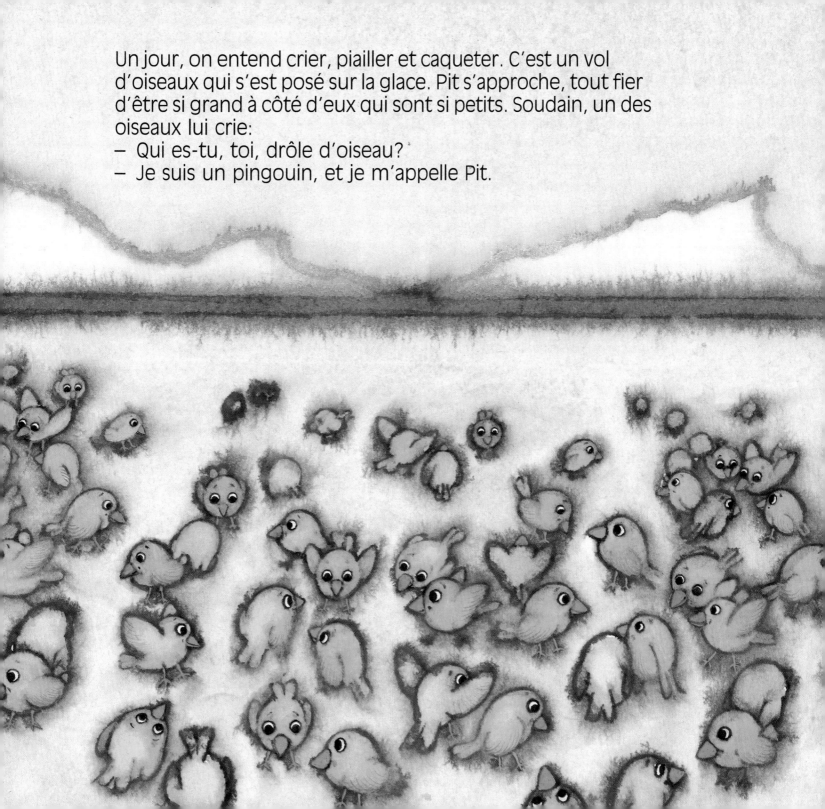

– Je suis content de te connaître, répond l'oiseau. Moi,
je m'appelle Sven. Viens, on va faire la course.
– Mais non, voyons, je ne peux pas voler, moi!
– Hé bien alors, tu n'as qu'à apprendre! Secoue tes ailes
comme ça. Tu verras, c'est facile.
Mais Pit a beau essayer, il n'arrive qu'à sautiller sur place.

Pit et Sven sont devenus de grands amis, même si Pit n'arrive toujours pas à voler. Il essaye pourtant, car il voudrait tellement suivre Sven quand il s'envolera de nouveau avec les autres. Mais il a beau s'exercer, il finit toujours par s'aplatir sur la glace.

Le jour du départ arrive. Les oiseaux doivent poursuivre leur route. Alors, les deux amis se disent au revoir, et Pit verse de grosses larmes de pingouin.

– Ne sois pas triste, lui dit Sven. Nous nous arrêterons certainement de nouveau sur cette plaine de glace l'an prochain.

Pit est si malheureux! Heureusement, sa maman sait bien ce qu'il faut faire: le lendemain, elle lui donne la permission d'aller nager dans la mer pour la première fois.

Pit est fou de joie. Mais, avant de piquer une tête dans l'eau, il a comme un petit pincement à l'estomac. Alors, il aperçoit deux petits rochers qui font comme des marches dans l'eau, et il préfère y entrer comme ça, à reculons.
– Demain, certainement, j'essayerai d'y aller la tête la première.

Après deux ou trois essais maladroits, Pit apprend à se servir de mieux en mieux de ses nageoires. Bientôt, il nage comme une anguille dans l'eau froide. Il arrive même à nager à reculons. Dans quelques semaines, il pourra sûrement prendre part aux jeux et au grand concours de natation.

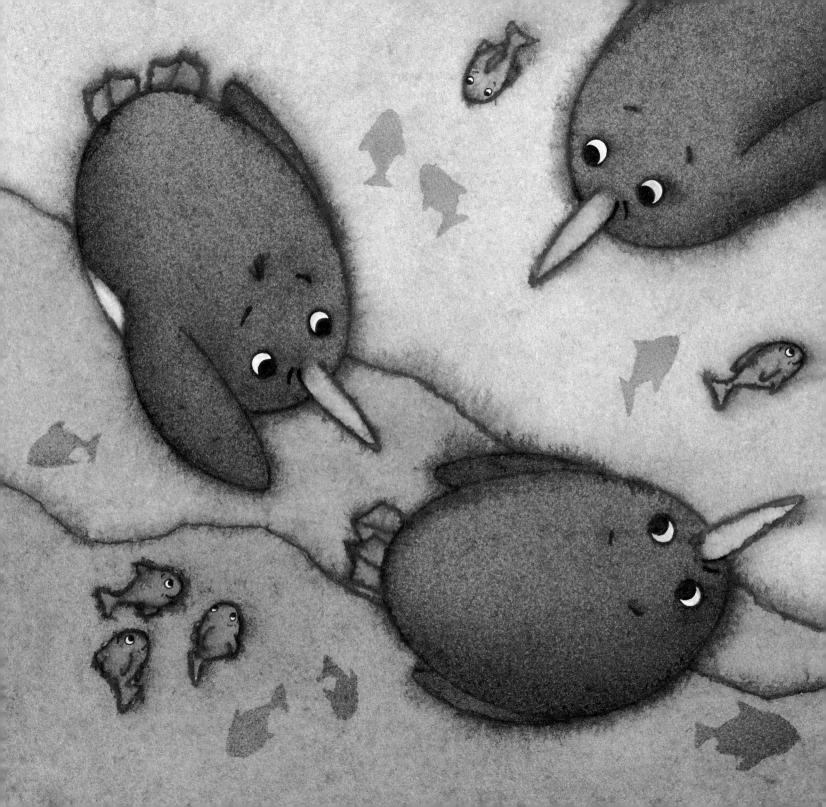

Sous l'eau, Pit découvre des poissons, des étoiles, des plantes, toutes les merveilles qui vivent dans la mer. Il est ravi: derrière chaque rocher se cache quelque chose de nouveau.

La lune est déjà levée lorsque Pit retourne auprès de sa maman. Il est bien trop fatigué pour lui raconter ses aventures. Ce sera pour demain. Pit s'endort tout de suite. Il rêve de Sven, il rêve de la mer, il rêve du premier plongeon, tête la première, qu'il osera sûrement faire demain.
Dors bien, Pit!